사람이 없었다고 한다
장옥관 시집

문학동네시인선 185 장옥관

사람이 없었다고 한다

시인의 말

타다 만 삭정이로 얼기설기 얽은 둥우리로
날아든 새
핏방울 묻은 한 소절 노래를 부르다 사라진 새

그가 남기고 간 깃털의 온기를 주워
여섯번째 가난을 엮는다

손차양하고
눈앞에 펼쳐진 먼지의 길을 바라본다

아득하다

알지 못할 그곳은 아직도 멀다

2022년 겨울
장옥관

차례

시인의 말   005

1부 우리에겐 우리가 알 수 없는 이유가 따로 있어서

항아리   012
무릎   013
노래의 눈썹   014
호수를 한 바퀴   015
일요일이다   016
입술에 말라붙은 말   017
밤에도 새들은   018
흰 빛 하나   019
달도 없는 먹지 하늘—미하엘 하네케 〈아무르〉   020
봄밤이다 1   022
내의   023
눈동자   024
봄밤이다 2   025
우물도 아니고 우울   026
잠이 잠을 잔다   027
미끄러지다   028
가려움   029

바라보다 030

유적지 032

옥수수밭에서 034

2부 비스듬히

노무현 036

돌의 탄생 037

무논에 백일홍을 심다 038

감주 040

홍에 앳국 042

메밀냉면 043

얼룩말 이야기 044

몽돌 약전(略傳)—김양헌(1957~2008)에게 046

여행 048

불러보다 050

소금쟁이 051

흰, 흰 빛 속으로 052

비스듬히 다만 비스듬히 053

절한다는 것—원태에게 054

뽕나무가 있는 마당 056

계단 057

목화를 심었다 058

꽃의 입술 060

숫돌 062

3부 어안이 벙벙하다

없는 사람 064

그림자가 많은 날 066

물로 된 뼈 067

하지만 벌써 버릴 수 없는 068

우기 070

빙하 072

달팽이가 지나간 끈적임처럼 073

질문들 074

제압하다 076

청금석 078

안 되겠지예 079

호두 080

내 아름다운 녹 081

그분이 손바닥을 펴실 때 082

친애하는 바이러스 084

1987 086

꿈—짐 자무시 〈패터슨〉　　　　　　　087

유무(有無)　　　　　　　　　　　088

어안이 벙벙하다　　　　　　　　089

해설│명멸하는 것들을 위한 증언　　　091
　　　│소유정(문학평론가)

1부

우리에겐 우리가 알 수 없는 이유가 따로 있어서

항아리

　항아리를 들고 서 있는데 누가 말을 걸어왔다 입이 없는 사람이었다

　둥근 배가 슬펐다 항아리처럼 슬픈 얼굴이었다 항아리인 줄 알았는데 네 얼굴이었다

　안을 수도 없고 내려놓을 수도 없었다 웃는 듯 우는 듯 금 간 얼굴에 물비린내가 슬쩍 묻어났다

무릎

1.

새도 무릎이 있던가 뼈와 뼈 사이에 둥근 언덕이 박혀 있
다 무릎을 꺾으니 계단이 되었다 꿇는 줄도 모르고 무릎 꿇
은 일 적지 않았으리라

2.

달콤한 샘에 입 대기 위해 나비는 무릎을 꿇는다 무릎을
접지 않고 어찌 문이 열리랴 금동부처의 사타구니 사이로
머리 내미는 검은 달

3.

사람이 사람의 무릎 꿇리는 건 나쁜 일이다

4.

무릎이 다 닳아 새가 된 사람을 너는 안다 쌀자루를 이고
다니다 무릎이 다 녹은 것이다 나비처럼 너는 언덕을 넘고
싶다 검은 달을 향해 컹컹, 너는 짖어본다

노래의 눈썹

새의 발가락보다 더 가난한 게 어디 있으랴

지푸라기보다 더 가는 발가락
햇살 움켜쥐고 나뭇가지에 얹혀 있다

나무의 눈썹이 되어 나무의 얼굴을 완성하고 있다
노래의 눈썹, 노래로 완성하는 새의 있음

배고픈 오후,
허기 속으로 새는 날아가고 가난하여 맑아지는 하늘

가는 발가락 감추고 날아간 새의 자취
좇으며 내 눈동자는 새의 메아리로 번져나간다

호수를 한 바퀴 　—

　돌았다 달의 테두리를 따라 돌았다　　　　　　　—
　이지러질 때도 있었고 배꽃 이우는 밤도 있었다 돌의 그늘
속에서 너는 문득 차가웠다 물에 갇힌 눈이라고 말하진 않
겠다 호수를 그득 채운 눈동자라고도 하지 않겠다
　아픈 몸이라고,
　아파서 매화가 핀 것이라고 누가 일러줬다 골짜기를 따라
흘러내리는 희미한 향기
　따라 걸었다 꽃만 혼자 걸어왔다
　어금니에서 희미한 건초 향기가 배어났다
　은결 든 물고랑으로 길게 뻗은

　아득하게 흰 길이었다

일요일이다

다시 일요일이다
태양은 여느 태양과 다르지 않다

어제 그 자리 그 시간에 조금 옆쪽으로 비켜 앉았다
직접 보진 못하고 감은 눈으로만 보았다

어젯밤엔 초나흘 달을 보았다
눈 아래 찢어진 흉터 같았다
그제 밤에 본 것보다 좀더 벌어져 있었다

파밭의 파가 조금 더 솟고
자두나무 가지가 조금 더 처진다

나는 어제보다 조금 더 늙었다

그젠 삼십 년 입은 바지를 버렸다
옷을 버리는 일은 슬프다
버리고 버림받는 일은 유정(有情)한 일이다

다시 일요일이라서 슬프다
하루하루를 버린다
어제보다 우주가 조금 더 옮겨 앉았다

입술에 말라붙은 말

　자다 일어나 입술 핥으니 말라붙은 말들, 차마 붙잡을 수
없던 말들, 마른 지푸라기 꿈자리여서 네가 와 앉았다 간 걸
까 뭐라 뭐라 쏟아낸 말들 한마디도 알아듣지 못하고 다만
풀어헤친 잠옷의 단추 물에 빠진 네가 움켜쥔 열 손가락 하
나하나 끊어내고 나는 도망쳤지 네가 내뱉은 말들, 허우적
거리며 소용돌이쳐 가라앉는 네 말들, 소금처럼, 물에 녹는
소금처럼 아아, 그러나 햇빛 들면 다 사라질 말들, 막막한
시공간을 헤매는 중음신의 말들, 입술에 허옇게 말라붙은
말들, 그예 말들은 살아오지 못하고 그 격렬했던 꿈의 말들,
되돌리지 못할 꿈자리가 죽은 꽃나무 같아서

밤에도 새들은

캄캄한 밤, 개울에 새들이 돌멩이처럼 앉아 있다 오리는
물 위에 백로는 물 아래

발 담그고, 가만히 물소리 듣고 있다

이 늦은 밤에, 잠도 자지 않고
새들이 물속에 앉아 있는 이유가 먹이 때문은 아닐 것이다

젊은 남편을 묻고 돌아온 날 몸에서 새어나오는 피 때문에
더 서러웠다는 사람처럼 우리에겐
우리가 알 수 없는 이유가 따로 있어서

어둠에 몸 섞이고 있는 새들
높아가는 물소리에도 고요히 움직이지 않는 새들
무서운 새들 그리고
돌멩이

흰 빛 하나

오키나와 해변에서 흰 빛 하나를 주웠다 도무지 하양이라
부를 수 없는 하양이었다
당신은 이게 바다의 뼈라고 일러주었다

일렁이는 거품이 굳어 생긴 것이라 했다
눈물이 끓어 굳은 것이라
했다 그 열대의 빛에 눈먼 나는 감정도 때론 만질 수 있다
는 걸 비로소 알았다

하지만 그 빛 아래선 무엇이든 다 휘발된다는 걸
밝을수록 더 어둡다는 걸
물이 얼마나 딱딱한지 위험한지 찔려본 사람만 안다는 걸
비로소 알았다 당신 떠나고

사탕수수 이파리 검은 물 아래
축축하고 어두운 골짜기
헤매던 짐승이 흰 뼈 하나로 여기 누웠는가 싶었다

눈부신 시간의 뼈
일렁대며
생멸, 생멸, 하얗게 빛나고 있었다

달도 없는 먹지 하늘
—미하엘 하네케 〈아무르〉

1.

어머니 눈감기 전날 동네 병원 의사가 왕진을 왔다 오줌을 빼주기 위해서였다 잦아드는 불씨 살리려는 게 아니라 빵빵하게 부푼 방광 문을 열기 위해서였다 머리 벗겨진 이웃 앞에서 마흔도 안 된 어머니는 아랫도릴 벗고 두 무릎 세워 몸을 한껏 벌리었다

2.

이 년마다 받는 건강검진에 잠혈(潛血)이 비쳐 비뇨기과로 보내졌다 회의에서 가끔 마주치는 그는 내게 플라스틱 통 건네며 건조한 말로 정액을 받아오라 했다 컴컴한 간호사실 한구석 양복바지 내리다보니 문득 먼지 낀 창 너머 목련꽃이 펑펑 터지고 있었다

3.

깊은 밤 안방 문 열어보니 어머니가 잠들어 있다 입을 벌린 채 거친 숨소리 곤하게 자고 있다 쌀알 세 톨 동전 한 닢 넣어드리던 마지막 어머니 얼굴, 딸들에게조차 보여줄 수 없는 생짜배기 날것의 생, 수십 년 한 이불 덮고 살 나눴지만 끝내 하나가 될 수 없는 아내를

4.

달도 없는 먹지 하늘에 긁힌 스크래치 자국 벌어진 살점

020

속으로 별똥별이 떨어진다 건반에 내려앉은 나비 다리에 달
린 귀, 거기에다 속삭여볼까 '아무르…' 굿판 상에 올라온
돼지머리처럼 아랫도리 없는 희망이여 서둘러 잘라야 하리,
저 꽃핀 모가지 시들기 전에

봄밤이다 1

돼지가 생각나는 봄밤이다
돼지감자가 땅속에서 굵어가는 봄밤이다
시커먼 돼지들이 벚나무 아래를 돌아다니는
봄밤이다 하이힐을 신은 돼지
뻣뻣한 털로 나무 밑동을 자꾸 비벼대는 봄밤이다
미나리꽝엔 미나리가 쑥쑥 자라고
달은 오줌보처럼 팽팽하게 부풀어오르고
여린 꽃잎은 돼지의 콧잔등을 때리고
깻잎머리 여중생들이 놀이터에서 침을 퉤퉤 뱉다
돼지를 만나는 봄밤이다 봄밤에는 돼지가 자란다
천 마리 만 마리 돼지들이 골목을 쑤시다가
캄캄한 하수구로 흘러드는 봄밤
풀어놓은 돼지들을 모두 풍선에 매달아
하늘로 띄우고 싶은
봄밤이다

내의

한동안 그가 머물던 방
남기고 간 것들이 너무 많다 하찮은 몽상이나
백일몽
따위가 아니라
장판 틈에 낀 꼬불꼬불한 터럭 한 올과
가라앉은 공기 속에 퍼져 있는 몸냄새
입다가 버린 메리야스 내의
누렇게 물든
지방(脂肪),
몸의 진실은 한 덩이 피지(皮脂)에
불과하다는 것일까
꽃, 새, 돌을 노래하는
영혼
이 입다가 벗어두고 간 메리야스 내의
벗어두고 갈
유물론의 늙은 내의
식물의 눈을 파먹는 쥐처럼
찍찍거리며 어제를 잘 빨아 널라는 것일까
어두운 하늘에 떠오른 비누 한 덩이
누가 툭, 내게 던져준다

눈동자

눈구멍이 뻥, 뚫린 꽃
나, 그 어느 날 능소화 감옥에 갇혀
천년을 꿈꾸었다네
그 사랑, 견딜 수 없어
나는 도망쳤다네 그 사랑, 따라오지 못하게
콘크리트 붓고 도망쳤다네
굳은 시멘트 바닥 뚫고 능소화 기어나왔네
만지면 눈이 먼다는 꽃가루
캄캄 구멍이 뻥 뚫린 해골로, 뼈피리로
불어보네, 눈구멍에 흙 끼얹고
노래 부르네, 혀 잘라
소리 빼앗고, 가는 목 조르며
들여다보았지 네 캄캄한 눈동자
사랑의 눈동자

봄밤이다 2

긁어도 다시 긁어도
가려움 가시지 않는 몸이다 밤새도록 아기 울음소리로 보
채는 고양이 긁을수록 더 가려워지는 봄밤이다
옆방엔 어머니, 서른두 살에 혼자가 된 어머니 보름달은
달아오르는 요강처럼 뜨고, 오줌이 뜨거운 어머니

몸과 맘은 가는 길이 서로 달라 긁어도 또 긁어도
핏물만 비칠 뿐 어떤 신부님
한밤중에 핀으로 문 따고 부르짖었다는데, 어린 몸 앞에
무릎 꿇고 부르짖었다는데

"내가 내 몸을 어떻게 할 수가 없다
그러니까 네가 좀 이해를 해다오"

이해하나마나 달은 뜨고 바닷물이 끓어넘치고
고양이는 밤새
붉은 꽃잎 점점이 뿌리며 울며불며 다니는 밤인데

우물도 아니고 우울

　우물도 아니고 우울, 한번 빠지면 다시 나올 수 없는, 빛도
어둠도 스며들 수 없는, 눈먼 박쥐들 거꾸로 매달린, 양치식
물이나 마디 늘이는, 구름 중에서도 가장 검은 구름, 움켜쥐
면 구정물이 주르륵 흘러내리는, 우울이 아니라 우물, 어둠
이 발린 백색의 공포, 숨을 곳 없는 빛의 눈동자, 흰개미들
새카맣게 온몸 기어다니는, 제발 제발 건드리지만 말아줘,
밥 대신 비명, 고막 뚫은 개들의 비명, 하늘엔 이빨이 촘촘,
우물도 우울도 아닌, 비몽사몽의 생 이어지고

잠이 잠을 잔다

잠 속에서 잠을 잔다 거울이 거울 속 거울 들여다보듯 잠이 잠 속으로 걸어들어간다

잠이 손잡고 걸어가는 꿈의 손에는 종이꽃 한 다발, 생쌀을 씹으며 잠은 잠 속을 걸어간다

바닥 없는 늪을 헤엄쳐 꿈이 꿈 잡아먹는 악몽의 중세를 지나, 구더기가 노래하는 언덕을 지나

잠은 잠 속을 기어간다 기어코

돌아올 일 없는 잠 속에서 잠은 잠을 잔다 돌아올 길 없는 잠 속에서 잠은 잠을 잔다

미끄러지다

　가만히 있는데 미끄러질 리 있나 양지바른 땅에 핀 돌나
물이, 봄의 가지에 돋는 초록 댕기가, 거듭되는 악몽이 그저
미끄러질 리 있나 네 속으로 내가 미끄러져들어갈 때 검은
바닷물 속으로 배가 미끄러질 때 예감도 예고도 없이 우리
자빠질 때 짚고 일어날 바닥도 없이 푹푹 빠져들기만 하고,
뒤집힌 풍뎅이처럼 비극이 필름처럼 돌아갈 때 잡아줄 손목
도 없이 절망이 개흙을 자꾸만 게워낼 때 오욕이 지붕을 덮
고 발목을 지우고 애원하는 눈빛을 꺼트리는데 너무 조여
헛돌아가는 나사못처럼 악, 악 소리조차 나지 않는 오늘 속
으로 누가 버둥거리고, 누가 밀지 않아도 미끄러운 봄풀에
내일의 비탈에 저기 또 누가 자빠지고 있는데

가려움

무작정 생이 가려운 날에 생각하나니 꼬리 문 고양이가 제 등짝 긁듯이 꽃과 풀도 가려움이 있을까 긁어도 긁어도 닿을 수 없는 말의 가려움은 혓바늘로 돋아나고 가려움조차 찾아오지 않는 무저갱의 밤이면 새삼 나는 한 번도 피 나도록 긁어본 적 없었구나 붉은 꽃잎에 낀 노란 진딧물처럼 골목 들쑤시는 고양이와 눈감지 않는 미열의 새벽은 감흥도 없이 찾아와 두드려도 두드려도 열리지 않는 문 앞에서 손 없는 손으로 나는 내일의 얼굴이나 긁어볼까

바라보다

1.
슈퍼마켓에 차를 대려는데
옆구리로 쑥, 밀고 들어오더니 앞을 턱 가로막는다
주차선 두 칸을 가로질러 세워놓고는 그냥, 가버린다
언덕배기 이차선 도로에 반쯤 걸쳐졌는데
차량들 금세 뒤엉켜 빵빵거리는데
놀라 바라보는 내 눈을 빤히 쳐다보며 지나간다
'아저씨, 아저씨!' 소리쳐 불러도
못 들은 척 가버린다

2.
옥상에 올라가 밧줄을 끊어버렸다
낮잠에 라디오 소리 방해된다고
일곱 식구가 매달린 밧줄을 끊었다
그냥, 끊어버렸다 어어, 소리내보지도 못하고
속수무책
말 그대로 속수무책
툭— 떨어져나가는 순간
눈빛이 오고갔을까
설마 빤히 바라보며 끊진 않았겠지, 아니겠지

3.
사형수의 눈을 가리는 이유는

서로 눈을 봐서는 안 되기 때문이다

깻잎으로 회접시의 도다리 눈 가리는 사람은 윤리적이다

윤리일까, 윤리일 것이다

동물 학대 방지 포스터에 인간의 눈 그려넣은 손가락은
윤리적이다

윤리일까, 윤리일 것이다

담배 한 갑 사고 운전석 앞을 지나가는 저 곱슬머리

빤히 날 쳐다보는 눈

아, 흰자위 없는 눈이다

유적지

― 나무는 배고프지 않나 사람은 한 끼라도 거르면 온몸에 불을 켜는데 나무는 무엇으로 허기를 견디나 허기 때문에 꽃은 피고 이파리 무성해지는데 구멍처럼 구름처럼 건드리면 더 커지는 허기는 내 팔뚝에도 새겨져 있는데

열 살 무렵, 간장독처럼 덩치 컸지만 잦은 매질 탓에 늘 순하기만 했던 그 개, 취할 때마다 터지던 제 주인의 광기를 몸으로 받아내던 그 개가, 어느 날 마당 구석에서 비스킷을 먹고 있었다 나도 모르게 밟은 경계, 검은 구름 풀썩 피어오르더니 내 몸을 덮쳤다

그날 밤 죽도록 얻어맞았다 광목 생지(生紙) 찢듯 이어지던 긴긴 겨울밤 손이 귀한 집안의 장손을 물어뜯은 죗값을 몽둥이로 고스란히 치러냈다 하지만 끝내 변명해주지 못했으니 솜이불 보따리처럼 웅크려 어린 발길질에도 눈만 끔벅이던 그 개가, 왜 미쳐 날뛰었는지

들여다봐서는 안 되는 동굴, 닿을 수 없는 깊이를 왜 나는 들여다보았는지 이윽고 날은 밝고, 피딱지 말라붙은 몽둥이 던져놓은 개나리 울타리 아래 그 개는, 찌그러든 양은 그릇을 말갛게 핥아댔다 폭풍이 지나간 눈동자는 유난히 희고 맑았다

―

그 개는, 이미 오래전에 이 지상에서 사라졌으리라 사라
지면서 남겨놓은 허기에 개나리는 지천으로 피어 노랗게 흔
들리고 먹구름 가득 담았던 하늘은 언제 그랬느냐는 듯 시
침 뚝 떼고 허기 가신 얼굴로 말갛게 비어 있는데

옥수수밭에서

옥수수를 추수하려면 낫이 있어야 한단다
시퍼런 날이 선 낫이 있어야 한단다
빛이 어룽댈 정도로 날 선 낫날로 쳐 넘겨야 한단다
그러면 옥수수는 콱, 자빠지겠지
무릎을 잃고 주저앉겠지
초록 비린내가 왈칵, 뿜어져나오겠지
하지만 조심하게나,
넘어지면서 옥수수는 칼날을 휘두른다네
날 선 낫보다 더 예리한 잎으로 눈알을 벤다네
먹물보다 더 캄캄한 대낮이 생긴 이유라네
찢어진 웃음 속
흐흐흐, 치열 고른 이빨이 빛나는 이유라네

2부

비스듬히

노무현

밀물진다

밀물은 하염없이 밀려와
밀물이다
왜 오는지도 모르게 밀려오는 게 밀물이다

오로지 앞으로만 달려오는 게
밀물이다

어이쿠, 고꾸라져도
다시 일어나 달려오는 게 밀물이다

밀물에 이는 거품
첫 파도에 올라타고 온 사람*

비록 거품일지라도
꽃소금 첫 밀물로 왔다 간 사람

* 영화 〈노무현입니다〉(2017) 속 유시민 작가의 말.

돌의 탄생

책상 위의 시집을 집어드는데
돌이 굴러떨어졌다
입력을 기다리며 껌뻑이던 커서가 눈을 똥그랗게 뜨고 바
라보았다
돌의 탄생이다
높낮이 없이 울어대는 매미가 탄생한다
사랑은 어떻게 탄생하는가 미역국도 없이 사랑은 어떻게
탄생하는가 원래 있던 것이 생겨나는 게
탄생일까
병처럼, 죽음처럼, 관계처럼 탄생하는가
어젯밤 윗집 사내는 아내도 아닌 여자와 팔짱 끼고 비틀
대며 집으로 돌아가고 있었다 아내는 눈을
똥그랗게 뜨고 날 쳐다보았다
아파트 화단에 박힌
검은 돌이 묵묵하였다 과묵이 아니라 묵묵하다
날마다 순간마다 탄생이 있어서 빛과 어둠이 자리 바꾸
고 장미는 꽃잎을 벌린다 장미의 입안은 가시가 그득하고
순간이 탄생한다 굴러떨어져
지금 눈뜨는 돌

무논에 백일홍을 심다

　무논에다 나무를 심은 건 올봄의 일이다
　벼가 자라야 할 논에 나무를 심다니, 아버지가 아시면 크
게 혼이 날 일이다
　수백 년 도작(稻作)한 논에 나무를 심으면서도 아버지와
한마디 의논 없었던 건 분명 잘못한 일이다
　하지만 아버지도 장남인 내게 일언반구 없이 여길 훌쩍 떠
나지 않으셨던가
　풀어헤친 가슴을 헤집던 아버지 손가락의 감촉을 새긴
논은
　이제 사라지겠지만 남풍에 족보처럼 좍 펼쳐지던
　물비린내나는 초록의 페이지 덮고
　올봄엔 두어 마지기 논에 백일홍을 심었다
　백일홍 꽃이 피면
　한여름 내내 붉은 그늘이 내 얼굴을 덮으리
　백날의 불빛 꺼지고 어둠 찾아오면 사방 무논으로 둘러싸
인 들판 한가운데
　나는 북카페를 낼 것이다
　아무도 찾아오지 않을 북카페를 열 것이다
　천 개의 바람이 졸음 참으며 흰 페이지를 넘기고 적막이
어깨로 문 밀고 들어와 좌정하면
　고요는 이마를 빛내며 노을빛으로 저물어갈 것이다
　아무도 들여다보지 않는 활자 앞에 쌀가마니처럼 무겁
게 앉아

아버지가 비워두고 간 여백을 채울 것이다
무논에 나무를 심은 일이 옳은지 그른지부터
곰곰 따져 기록할 것이다

감주

따듯하게 데워 먹어야 한다
엿기름 우린 물에 밥알 삭힌 감주
감주는 단물이 아니라
삭힌 밥알로 먹어야 한다고 일러준 사람
북에서 온 사람이었다

'타는 듯한 녀름볕'이 아니라
'쩔쩔 끓는 아르굳'*에서 먹는 게 냉면이라고 일러준 사람

얼음 띄운 감주 마시며 생각한다
그이들은 아직도 냉면과 만두를 빚어 먹을까
온가족이 두리반에 둘러앉아 감자농마국수 먹거나
가자미식혜, 숭엇국, 어죽, 온반 즐기고 있을까 하지만

내 인식의 동토에선 풀 한 포기 자라지 않고
감주를 마시다 새삼 떠올리는 소월의 거리
춘원의 거리, 백석의 거리에도

사람이 살고 있을 거라는 생각 아무리
철조망 치고 콘크리트 갖다 부어도
서정의 영토 사라지지 않을 거라는 생각
누가 지워버린 걸까

달고 시원한 단술맛은 예나 지금이나
한결같은데

* 백석의 시 「국수」에서 빌려옴.

홍에 앳국

보리 순이 올라오는 계절이다
파릇한 고요 속에서 머문다 바람이 와 보리를 건드리고
간다
움찔움찔 보리 순이 자지러진다
보리 순이 올라오면 남도에선 앳국을 끓인다
홍어의 창자를 빼내 국 끓인 게
앳국이다 홍어는 비뇨기가 없다고 한다 바닷물보다 더 짜
디짠
체액으로 몸을 채워야 하기 때문이다
천적이 내려올 수 없는 수압을 견뎌야 하기 때문이다 어
부는
잡은 홍어를 잿더미에 던져놓는데
오줌은 그 속에서 적당히 삭혀져 몸속 골고루 퍼져나간다
창자의 진한 냄새와 기름기를 보리 순으로 덮어 끓인 게
앳국이다 앳국을 먹어야 하는
삶이 있다 밤새 술에 뒤척인 몸, 진한 오줌 누는 몸
어루만져주는 앳국이다
홍어를 굳이 홍에라고 부르는 사람들이 있다
썩어 문드러진 창자
토막 내 뜨겁게 불며 먹는 음식
곁들이는 보리 순이 파릇하게 올라오는 계절이다
애를 끓이는 밤이다 봄밤이다

메밀냉면

겨울을 먹는 일이다
한여름에 한겨울을 불러와 막무가내 날뛰는
더위를 주저앉히는 일
팔팔 끓인 고기 국물에 얼음 띄워
입안 얼얼한 겨자까지 곁들이는 일

실은 겨울에 여름을 먹는 일이다
창밖에 흰 눈이 펄펄 날리는 날 절절 끓는 온돌방에 앉아
동치미 국물에 메밀국수 말아 먹으니 이야말로
겨울이 여름을 먹는 일

겨울과 여름 바뀌고 또 바뀐
아득한 시간에서 묵은 맛은 탄생하느니
아버지의 아버지의 아버지, 그 깊은 샘에서 솟아난
담담하고 슴슴한 이 맛
핏물 걸러낸 곰국처럼 눈 맑은 메밀맛

그래서일까 내 단골집 안면옥은
노른자위 땅에 동굴 파고 해마다 겨울잠 드는데
냉면은 메밀이 아니라
간장독 속 진하고 깊은 빛깔처럼
그윽하고 미묘한 시간으로 빚는 거라는 뜻 아닐는지

얼룩말 이야기

1.

어쩌다 잘 시간 놓쳐 뒤척이는 날이면 얼룩말 하나 날 찾
아오지 얼굴도, 등판도, 뱃구레도 얼룩인 얼룩말 어둠이 밀
고 들어오면 밝음이 한발 물러나는 얼룩, 슬픔도 기쁨도 딱
반인 그런 얼룩, 얼룩과 덜룩이 잘 섞인 말 한 마리 생각하지
또한 그런 얼룩은 이 세상엔 있을 수 없다 생각하지 그런 순
간에도 끝내 지워지지 않는 내 생각 속의 얼룩을 생각하지

2.

배고픈 치타 앞에서 느긋하게 풀을 뜯고 있던 얼룩말 한
마리 케냐 마사이마라 초원에서 보았지 풀을 먹을 수 없는
치타는 늘 배가 고팠겠지 얼른 달붙어 얼룩 가죽 찢고 말을
꺼내고 싶었겠지 하지만 얼룩말 고집이 얼마나 질기고 센
가 수수만년 가축 울타리로 끌어들이려 해도 끝내 끌어올
수 없었던 고집

치타가 올라타려고 달라붙자 얼룩말은 뒷다리로 먼지 일
으키며 울타리를 치는 거야 한바탕 난리를 겪었으면 얼른
도망을 가야지 그러나 얼룩말은 태연히 다시 풀을 뜯는 거
야 달라붙으면 뿌리치고 뿌리치면 다시 달라붙는, 마치 둘
은 열렬한 사랑에 빠진 연인 같았어 그래 밀당, 밀고 당기
는 밀당 말이지

3.

 얼룩과 덜룩 딱 반인 얼룩말, 얼굴도, 등판도, 뱃구레도 다
얼룩인 얼룩말 얼룩 속에서 태어나 얼룩으로 물든 그를 생
각하면 잠은 점점 달아나고, 마침내 날이 희부옇게 밝아지
고, 그 밝음 속에 온통 얼룩으로 물든 말이 되어 나는 나에
게로 찾아오는 것이었다네

몽돌 약전(略傳)
—김양헌(1957~2008)에게

돌멩이의 웃음소리 들은 사람 있었다
돌멩이도 간지럼 태우면 까르르르 숨넘어가도록 웃어댄
다는 걸 안 사람이 있었다
남해 욕지도 몽돌해변
만삭의 부푼 달 중천에 떠 은빛 마구 뿌려대는 음 칠월 보
름날
시인 몇 바위틈에 숨어
물과 돌, 몸 섞는 수작 지켜보았으니
따르르르르 따르르르르
하지만 이 소리는 문장에서 나온 거지 제 귀로 들은 게 아
니라는 거지
몽돌이 몸 굴려 내는 소리
차라라라라라락 따라라라라라라라라락
파도의 세기 다르듯
몽돌이 내는 소리 다 다를 수밖에 없다는 걸
일러준 사람
하늘이 데려갔다, 지천명 나이
하느님이 아무리 하느님이라도 꼭꼭 숨겨놓고 싶은 것 하
나쯤 있을 텐데
낱낱이 비밀 까밝혔으니 어쩌면,
몽돌이 동무하려고 데려갔을지도 몰라
붙여준 이름 마다하고 스스로 몽돌이라 칭하던 사람이니까
오므린 입술 붙였다가 떼면

금세 혀끝에 불려와 착 달라붙는 몽돌
달과 물과 돌이 낄낄 깔깔 수작질하는
몽돌해변 지금 보인다
돌아가야 할 일 까맣게 잊고
꺄르르르 꺄르르르 낮밤으로 알몸으로 뒹구는 모습

여행

안달루시아 카사블랑카와 멕시코 카리브해변
아이슬란드 빙하와 케냐의 마사이마라를 다녀올 수 있다
순식간에 다녀올 수 있다
고사리 솟는 컴컴한 골짜기와 곰팡이 핀 축축한 지하실을
걸을 수도 있다
피는 꽃봉오리, 떠가는 구름
잔잔한 물결과 휘몰아치는 태풍, 거대한 불기둥의 치솟
음도
없을 순 없겠다 어디에서 오는 걸까
마음에서 일어나는 걸까 뇌수에서 흘러나오는 걸까
실어증 앓았던 내 어제를 소환해 귀띔하자면
뇌가 망가졌는데도 생각은 멈추지 않더라는 것
'포도'를 떠올렸는데 입으론 '도포'가 흘러나오더란 것
가지런할 수만 있다면
때로 의심 많은 눈빛과 함께 걸어도
국수 가락처럼 가지런히 생각 뽑혀나올 수만 있다면,
곧 닥쳐올 것이다
생각과 생각, 겹쳐지고 멱살 잡고 튀어나가려고 뒤섞이고
형광등처럼 껌뻑이다가 마침내 암전으로 갈 것을,
그럴 때 내가 켜놓은 사랑은 다 어디로 가는 걸까
다른 이의 뇌수로 옮겨가는 걸까 숙주가 사라지면 기생
충도
사라지는 걸까 바이러스처럼,

회충이나 편충처럼
생각은 다 사라지는 건가 이런저런 생각 더불어
굴러떨어지는 흰 밤의 터널에서

불러보다

그가 휙, 휘파람을 불자
흰 대리석 돔 천장에서 새 한 마리가 나타났다

분명 빈 공중이었는데
없던 새 한 마리 갑자기 깃 치며 돌아다녔다

깃털 하얗고 부리가 빨간 새
라고 생각한 건 소리였다 소리가 소리를 물고 날아다니
는 것이었다

목소리가 이름을 물고 날아다니는 것이었다
목 젖혀 돔을 향해 이름 부르면
죽은 왕비가 새가 되어 나타난다는 타지마할

이름 불러준 값으로 일 달러 챙긴 가이드 몰래 나는 불러
보았다
한번 사라지곤 다시 오지 않았던 이름들

내가 사라지면 영영 파묻히고 말
그 이름들을

소금쟁이

소금쟁이가 물위를 걸어다닌다
갈릴리 사람도 아니면서 가볍게 물을 밟고 다닌다 내 사
랑도
저처럼 너를 건너갈 수 있다면

하지만 사랑은 물귀신 같아서
멀쩡한 대낮에 머리채 잡고 소용돌이로 끌어당기는 물귀
신 같아서
나는 늘 검은 물이 두려웠다

꿈이 있다면, 물위에 몸을 띄울 수 있다면
몸과 물이,
서로가 서로에게 섞일 수 있다면

내가 물에 뜰 수 없는 건 나를
속이지 못하기 때문이다
속인다는 사실까지 속이지 못하기 때문일 것이다

소금쟁이, 물에 닿자마자 녹아버리는
사랑의 전문가
그렇기에 사랑을 지고도 저토록 유유히 물을 밟고 다닌다

흰, 흰 빛 속으로

이윽고 흰 바탕만 여기
남을 것이네

나는 없네
애초에 없었던 시선 밖으로

사라질 것이네 흰, 흰
빛 속으로

손닿을 수 없는 거리
애타도록 불러야 할 그것이 없네

어느 개울가 손 씻다가
고개 돌려 바라보는

문득 희미하게 바래가는
인화지 한 장

비스듬히 다만 비스듬히

하루를 비스듬히 걸었다 올라가기도 내려가기도 했다 그
리운 것도 아쉬울 것도 없는 가을이었다 슬픔이 우니 기쁨
도 따라 울었다 감정이 안개처럼 퍼져 모든 게 모호했다 안
개에게 발목을 물리고 싶었으나 눈곱 낀 눈으로 헐떡이며
엎드린 안개에게 먹이를 던져줄 순 없었다 가을이었다 비스
듬한 햇살 식물들은 소멸을 향해 몸을 말리고 있었다 모서
리에 쩔리고 싶었으나 모서리조차 없었다 손을 잡고 싶었으
나 손목이 없었다 손잡이가 없는 하루 비스듬히 걸어갈 뿐
이었다 언덕 지나 내리막을 향해 비스듬히 다만 비스듬히

절한다는 것
―원태에게

싫다, 오체투지란 말 들어간 시
양 팔꿈치, 양 무릎, 이마의 '오체(五體)'를 '투지(投地)'
한다는 건데 신체를 땅에 던진다는 게 무언지 알기는 하는지
영화 〈영혼의 순례길〉에서 티베트 동부 망캉(芒康) 마을
사람 열한 명은, 죽음을 앞둔 노인과 피를 손에 묻히며 사는
백정과 만삭의 임부, 어린 소녀가 낀 순례단은
일 년 동안 이천오백 킬로미터를, 서울에서 부산까지 두
번 반을 왕복할 거리를, 신들의 땅인 성지 라싸와 성산 카일
라스산을 찾아가는데
공사판 덤프트럭이 내달리는 차마고도 험준한 길을,
큰 돌덩이가 굴러내리고
눈과 얼음 뒤덮인 길과 들판을, 폭우로 끊긴 길을,
짐 실은 경운기가 사고당해 부서지자 그 짐을 수레로 언덕
높은 곳에 옮겨놓곤 다시 그 자리로 돌아와
젖은 땅에 이마 대는 사람들, 임산부도 소녀도 노인도
예외 없이, 단 한 걸음도 빼먹지 않고
자동차 타이어처럼 길바닥 낱낱이 제 혀로 핥으며, 가죽
앞치마가 다 닳고 나무 신발이 다 닳도록 삼보일배 몸 던지
는 이들, 그 바보 천치들이
하는 절이 오체투지다 해가 지고 뜨고
봄이 오고 다시 오는 동안
아기가 태어나고 노인이 죽어 묻히는 생의 사계를
길 위에서 겪어내는 이들, 그들이 아니라면

오체투지라고 해서는 안 된다 함부로 외롭다, 쓸쓸하다,
괴롭다, 죽고 싶다, 엄살떨어서는 안 되는
  생짜배기 그 길을,
  오체투지로 얼음과 불의 그 길
  뼈마디에 오롯이 새기며 기어갈 수 없다면

뽕나무가 있는 마당

마당에 뽕나무 두 그루 서 있어
누가 언제 심은지도 모른 채 늙어가고 있어

수로에 심은 나무라는데
그 수로 없어진 지 이미 오래, 나무만 남아 산문적으로 늙
어가고 있어

누에들은 다 어디로 갔을까
누이들은 다 어디로 갔을까

누에보다 더 희고 통통하던 손가락
금환(金環)의 눈동자

검은 새떼 저녁놀 속으로
들락거리고

붓고 날아드는 어제 오늘 하루
두 그루 뽕나무

마당 너머 수로 사라진 지 이미 오래
얼굴 컴컴한 뽕나무 두 그루 늙어가고 있어

계단

접었다 펼친 페이지였다

한 여학생이 배를 움켜쥐고 웅크리고 있었다

창틈으로 날아든 새가
천장에 머릴 부딪치며 날아다녔다

세찬 물살이 위에서 아래로 쏟아지고 있었다

손이 묶여 뻗을 수 없었다

읽을 수 없는 페이지에 갇혀
끝내 손닿을 수 없는 그곳에서 우리는

목화를 심었다

어쩌다 손에 들어온 목화씨 세 톨 심었다

눈빛처럼 새까만 씨 세 톨을 심고 숨 크게 몰아쉬었다 할머니의 솜이불은 포근하고 따뜻했다 나일론이 나온 뒤 목화밭은 사라졌다

갓 대학 졸업하고 여중에 부임했을 때 우리 반에 목화가 있었다

어느 하루, 목화가 국어책을 난도질했다 내 눈길 끌려고 그랬다고 묵묵부답 대신 친구들이 교무실에 찾아와 말했다 이태 전 부모가 갈라섰다고 했다

그 목화가 사라졌다고,

여고 졸업 후 모진 남편 만나 식당 설거지통 앞에서만 서 있다 갔다고, 우리 반 실장 춘옥이는 얼마 전 울먹였다

싸락눈 치던 산업도시의 어느 늦저녁, 목화다방에 톱밥난로가 타고 있었다 이건 아니야, 아니야 퇴근버스 대신 탄 시외버스

졸다 내린 낯선 소읍

늙은 마담이 가져다준 쓴 커피 마시며 목화를 생각했다 얼굴이 하얗던 목화

침침한 호롱불 아래 무명실로 바느질하던 할머니를 생각했다

얼마 전 들른 목화다방은 노래방으로 바뀌었고 강변 모텔 즐비한 곳에 웃음이 전염병처럼 창궐했다 무명이 사라졌다

무명 때문은 아니지만 목화씨를 심는다

까만 씨 세 톨

지구에 묻는다 천둥 속에 심는다

도톰한 입술처럼 피어오를 보랏빛 타래가 숨겨놓은 무명
이 그 무명인지 알 수가 없다

꽃의 입술

기다리던 꽃대가 올라올 때의 기쁨과 설렘을 어찌 다 말
할 수 있으랴
　눈썹 사이 음 초사흘의 빛이
　손톱으로 자라나는 순간의 가려움이라 할까

　화선지에 먹물 번지듯
　붓대를 따라 피는 무한화서(無限花序), 배배 꼬인 잎을 하
나씩 펼치는 것인데
　그것이 웃음이 아니고 무엇이랴

　도톰하고 얇은 입술이 벌어지면서 그믐 속에서 하얀 웃음
이 번져나오는 것이라
　사람속(屬) 사람종(種)만큼
　활짝 피는 입술은 없다는데, 그래서일까 동물의 큰 웃음
본 적이 드물었구나

　사람일진대 웃어야 한다는 걸까
　그토록 풍부하던 주름의 입술이 종이처럼 얇게 사라지듯
웃음도 사라진다는 것을
　늙은 아내는 이미 눈치챈 듯한데

　꽃이 입술 벌려 들려주는 노래를
　모쪼록 웃음의 가려움을

시들어가는 내 몸에서 새어나오는 노을의 목소리는 머뭇 ⎺
머뭇,
아직 쓰이지 않은 노래로 피워올리느니

⎯

숫돌

핏물 번진 살점 헤집으며
날뛰던 칼을
몇 방울 물로 고요히 잠재우는 숫돌
서슬 시퍼런 칼날에
제 몸 선선히 내어주는 숫돌
쭈그려 칼날 벼리다보면
이제껏 온전히 날 내어준 적 없었구나
사랑이든 혁명이든
마땅히 밀어붙여야 할 뜨거운 순간에
슬며시 몸 빼 혼자 쏟은 일
어디 한두 번인가
계류의 모난 돌멩이 오래 씻어
모래알로 게워내는
하류의 강물은 아닐지라도
내 속의 숫돌 너무 거칠어 불꽃만 일으키고
이순(耳順)이 되도록 시를 써도
숫돌은 다듬어지지 않네
이 거친 숫돌로 무엇을 벼릴까
틈만 나면 피어오르는 검은 구름 끝내
주저앉힐 수도 없으면서

3부

어안이 벙벙하다

없는 사람

오피스텔 문을 따고 들어가니
사람이 없었다고 한다
없는 게 아니라 꽉 채우고 있었다고 한다 그가
화장실과 거실을 메우고 복도와 엘리베이터와
이웃집 문틈으로 스며든 이유가
외로움 때문이라고 예단해선 안 된다
단지 그는 갑갑했을 뿐이다
갑갑함이 저 스스로 몸 부풀려 이웃집 현관문을 노크한
것일 게다
경계를 벗어나 공기를 장악한 그는 원래부터
바람이었다
오십이 넘도록 할리데이비슨을 타고 다니며
공간을 확장하고 저를 부풀렸다
미처 따라가지 못한 뼈는
화장실 문턱에 가지런히 누워 스멀스멀 구더기를 불러들
였다
날개를 달아주기 위해서였다
견디다못해 이웃들이 문 따고 들어가니
낡은 소파 밑에서 그가 키우던 포메라니안이
꼬리 흔들며 기어나왔다고 한다
도대체 무얼 먹었는지 통통하게 살이 오른 개는
묵비권을 행사했다고 한다
제가 본 것들을 끝내 다 말하지 않은 영특한 개였다

세를 준 주인이 서둘러 개를 안고 나가도 그는 따라나서
지 않았다
이미 집의 일부가 된 것이다
벽지와 바닥은 물론 콘크리트 뼈대만 남기고 뜯어내도
그는
결코 그 오피스텔을 떠나지 않았다
그럼에도 진상은 세상에 드러나지 않았다
소문을 막은 거라 속단해선 안 된다
사려 깊은 이웃들이 선택한 최선의 의례이기 때문이다
결코 그는
없는 사람이 아니다
이웃의 비강에,
공중에 새겨져 불멸이 되었기 때문이다

그림자가 많은 날

해를 등지고 앉은 페이지 위로 그림자 하나 휙, 지나갔다
휙, 뭔지 모를 그것이 사라지고

그림자의 그림자만 남아 내 속에 맴돈다

그래, 무엇이 지나갔다 해와 나 사이에 무언가가 지나갔
다 미신처럼 귀신처럼 무언가 잠시 머물다가 사라졌다

있었는데 분명 있었는데 이미 사라지고 없다

물로 된 뼈

1.
뼈 중엔 물로 된 뼈도 있지
오키나와 해변에서 주운 산호의 뼈, 물거품처럼 희다 물
컹한 내 살이 감춘 뼈도 흴까 암으로 죽은 내 친구
화장하고 난 뼛조각은 희지 않고 누렸다

2.
사십 년 만에 이장하려고 파헤쳤더니 삭은 삼베 속 살은
다 녹고 뼈만 가지런하더란다 그 뼈가 그 뼈인가 싶었는데
해골에 박힌 치아를 보니 맞더란다
송곳니 옆에 박아넣은 은니가 아버지 것이 분명하더라는데
드문 웃음, 슬쩍슬쩍 드러나던 그 은니

3.
흔들리는 물속의 낮달
바람이 싣고 다니는 저 먼지, 시간의 뼈가 아닐지
나 없을 그때,
내 딸의 뺨이 떠올릴 뼈는 문득 무엇일까

하지만 벌써 버릴 수 없는

구름을 뭉쳐 멀리 던진다
나는 나로부터 버려진다

버림당했던 순간 때문에
내가 버린 일들을 떠올린다

알게 모르게 삼킨 벌레들처럼

잎사귀 한 장 지키지 못한
저 유월의 나무는
매미나방 유충으로부터 버림받았을까

섭씨 38도를 오르내리던
오후의 골목길
밀차에 기대어 걷다가 서고 걷다가 쉬며

다가온 주름살투성이 할머니
가쁜 숨 몰아쉬며

날 보고
짜장면 파는 곳이 어디냐고 물었다

하지만 벌써 버릴 수 없는

아직도 납득할 수 없는 일들이 남아 있는
기적 같은 날들이다

우기

파랑에서 보라로 넘어가는
수국꽃에서 익숙한 소리가 새어나온다

구급차 사이렌소리
맥박이 뚝뚝,
떨어지는 빗방울을 비집고

누군가 가슴 조여드는
일요일 아침 성당에선 미사 준비가 한창,
이겠고

바이러스 떠도는 공기 속
누군가 여기를 떠나고 있겠다

종일 고양이들은 어디에서
비를 긋고 있을까

이 눈물 뒤엔 무슨 무지개가
마련되고 있을까

소리 없이 폈다가
지는 꽃들은 알까 명멸하는 것들

내 손에 쥐어지는 순간

—

—

빙하

지난봄 아이슬란드에 갔을 때
밤낮없이 돌멩이가 날아다녔고 이끼 풀 덮인 지붕은
무덤 같았다 고양이가 풀을 썹었고
애써 감겨도 도로 눈뜨는
흰 밤 우유를 끓이며 여인은 책을 읽었다 창밖엔
뚜벅뚜벅 요정이 걸어다녔고, 먼 곳에서
쩡쩡 얼음 갈라지는 소리 들렸다
오로라 속을 떠돌던 유성이
북해에 떨어졌다 하다가 둔 숙제처럼
할일을 떠올렸으나 그게 무엇인지
몰랐다 만 년 전
빙하가 녹고 있었다

달팽이가 지나간 끈적임처럼

달팽이가 지나간 끈적임처럼

젖은 마음 지나간 자리에 흉터 돋듯 움직임은 늘 제 자취
를 남긴다 저 잔잔하게 흐르는
흐름 속 발끝으로 서서 구르는 돌멩이

아문 상처가 내민 새잎 흔적

내 머물던 자리엔
무엇이 남을까 검게 탄 타이어 자국에 미처 씻어내지 못
한 혈흔처럼 시간은 모든 걸 쓸어담아
지금, 출렁이며 흐른다

입 빼물고 수런거리는
노랑어리연 아래 어제의 투명했던 잠자리 날개 찢어져 젖
고, 검은 진흙 속 곪어가는 구멍들

어디로 가는 걸까
소리 없이 길게 뻗은 저 흰 비행운

질문들

당신 없는 수국의 나날이
적설로 쌓이고

앵두가 매달렸다 지고

지고,

가죽나무 새순이 뜯긴 자리가
꾸덕꾸덕 굳어갑니다

있다가 없어진 자리
어떤 질문을 얹어놓을까요

그 탐스러운 수국꽃
어디로 갔는지 알 수 없고

온다던 사람 온 적 없다는 걸

당신의 의자에 앉아
오지 않는 오후를 하염없이

반드시 오지 않아야 한다는

무논에 저절로 일다가 주저앉는
어린 벼 포기 건드리고 가는

저 속삭임

제압하다

그가 밟고 있는 게 축구공인 줄 알았다
가랑비 부슬부슬 내리는 아침나절 판잣집 즐비한 골목길
수상한 소리 속으로 제복이 누군갈 밟고 서 있었다 젖은 흙
바닥에 한 여자를 엎어놓고
구둣발이 얼굴을 밟아 제압하고 있었던 것
등뒤로 한쪽 팔 꺾어 움켜쥔 채
이마에 난 땀 닦고 있었다 으으으으, 뒤틀린 입술에서 끊
임없이 신음이 새어나오고 몸뻬바지 가랑이가 축축하게 젖
어드는데 몸집 작고 마른 남자 하나가 쪽문 안으로 급히 사
라졌다 내 눈길을 감지한 제복의 동료가 뒤늦게 제지하는
척했다
뭔가 준동하는 게 있었지만 금세 냉정을 되찾았다
공무를 집행하는 데 방해가 되어서는
안 된다는 시민의식 때문이라고
다시 말하면, 흙탕에 뒹구는 여자의 뚱뚱한 육체가 혐오
스러웠기 때문이라고, 생각했다
못 본 척 그 곁을 지나쳤다
그런데
그날 이후 아무리 똑바로 누워 자도 새벽잠 깨면 바닥에
뺨 대고 엎어져 있는 나를 발견했다 축구공 껴안듯 지구를
껴안는 거라고
생각하기로 했다 다만 구둣발 바닥을 핥고 싶었다
아무도 나를 제압하지 않았다 오로지 내가

나를 제압한 것이었다   —

청금석

돌,
어떻게 부를까 '파랗다'라고만 하면 말하지 않은 것에 불과해 '검푸르다'라면 더 가까운 걸까 그것도 아무것도 말하지 않은 것 흰 접시에 한 이틀쯤 쏟아놓은 잉크빛이라면 좀 더 가까울까
비유의 옷 입은 돌은 어리둥절한 표정이다
파랗지만 온전히 파란 것도 아닌,
새벽의 어스름과 사금(砂金)빛 가루가 옆구리에 점점이 묻어 있기도 한
돌,
응결된 슬픔이거나 모세가 걸어간 바닷길이라고 여기는 건 오로지 내 몫의 부지(不知) 문자로 짠 천 입고 춤추는 수피의 영혼 혹은 바람의 넋
'있음'으로 만날 수밖에 없는
아무리 두드려도 들어가지 못하는 종교 앞에서 침묵할 수밖에 없는 그 돌

안 되겠지예

아내와 딸
돈 긁고 마음 모아 열어놓은 가게
열흘이 가도 한 달이 가도
고요하기만 한 가게

오늘 아침엔 셔터 올리자마자 사람 그림자 얼핏 비쳐
돌아보니 남루한 한 사내

"미안하지만, 돈 천원 줄 수 없어예?" 나도 몰래 버럭 성
질내며 "돈이 어딨능교, 며칠째 개미새끼 한 마리 얼씬대
지 않구만" 그 사내, 참 미안한 표정으로 "그렇지예, 안 되
겠지예…"
군말 없이 돌아서는 것이었다

그제야 정신 번쩍 들어
'미안하지만…' 그 한마디 온종일 맴돌며 자꾸 부풀어오
르니

축축한 마음 조금이라도 말려볼 요량에
흰 종이 위에
이따위 얼룩을 남겨본다네

호두

너는 호두를 쥐어본 적이 있다
주름이 많고 온기가 있고 굴리면 명랑한 소리가 나는 호
두 두 알

불꽃을 간직한 호두, 호두 껍데기 속의 우주, 스티븐 호킹
이 루게릭병으로 시한부 인생을 선고받은 게 1963년이었다
너는 호두 때문에 울어본 적이 있을까 하지만 호두는 결단
코 슬픔과는 거리가 멀다 하지만 외로움이라면,

그럴 수도 있지 않을까 말조개처럼 굳게 여문 호두를 부드
럽게 어루만져 젖게 하고 무논에 볍씨 뿌리듯 외로움을 돌
려보낼 수 있다면, 그러나 입 없는 발꿈치처럼 세상 호두는
다 무뚝뚝하다 저 혼자 골똘하다

너는 또한 놀란다 오래 묵은 호두알에
묻어나는 기름기와 굴릴 때마다 쏟아지는 까만 가루 때
문에

어떤 집착과 집요가 이 돌덩이를 파고들게 했을까

정충, 그 불꽃 벌레
한번 불붙으면 백오십억 년 시간을 태우고도 남을

내 아름다운 녹

녹을 온몸에 받아들이는 종을 보았다
암세포 서서히 번지는 제 몸 지켜보는 환자처럼

녹은 아름다웠다
움켜쥐면 바스락 흩어지는 버즘나무 가을은 저 홀로 깊
이 물들었다

나는 지금 녹물 든 사람

링거 수액 스며드는 혈관 속 무수한 계절은 피어나고
거품처럼 파꽃이 피고
박새가 부리 비비는 산수유 가지에 노란 부스럼이 돋아
나고

두꺼운 커튼 드리운 병실 바깥의 고궁
처마에 매달린 덩그렁 당그랑

쉰 목소리

파르라니 실핏줄 돋은 어스름 속으로
누가 애 터지게 누군갈 부르나니, 그 종소리

그분이 손바닥을 펴실 때*

봐라, 부활이다
꽃이 피었다

정말 어디서 오는 걸까요, 신부님 가지 꺾고 둥치 베어 들여다봐도 꽃잎 한 장 없는데 해마다 이 환한 빛은 어디서 오는 걸까요 혹 우리 잠든 동안 '그분'이 다녀가신 건 아닐 테지요

"봐라, '나'다"라시며
부활하신 그분이 오셨다

그렇다구요? 그런데 '그분'은 왜 항상 보이지 않게 오시는 건가요 왜 굳이 어둠 뒤에 몸 숨기시는 건가요 흔들리는 나뭇잎이 바람을 만들듯 손바닥의 못자국으로 '그분'을 만나야 한다구요?

그분이 손바닥을 펴실 때
꽃들도 가슴팍을 폈다

그런데 신부님, 사람이 혼(魂)과 백(魄)으로 나뉘듯 꽃도 육체와 영혼으로 따로 사는 게 아닐까요 아니라면 어찌 생일마다 미역국 챙겨주시는 어머니처럼 해마다 잊지 않고 찾아올까요

꽃이 봐달라고
촛불같이 화안히 피었다

신부님이 보시는 그 꽃은, 그 촛불은 하얀보다 더 하얀 목
련인가요 보라가 죽음의 빛이라면 하양은 생명의 빛 그래
서 당신의 부활절 제의(祭衣)가 보랏빛에서 흰빛으로 바뀌
는 거로군요

봐라, 꽃이다
꽃처럼 아름다운 부활이다

'그분'이 '꽃'이듯 '빛'이 '그분'이겠지요 이 부활 앞에선
이토록 만유가 지극해집니다 그러므로 지금 우리의 일은
오직,

손바닥에 부활하신 '그 꽃'
말끔히 지우는 일

* 이정우(알베르토) 신부(1946~2018)의 시, 「부활 2」(『이 들녘에
서서』, 그루, 2014, 117쪽)를 빌려 짜깁기했음.

친애하는 바이러스

젖은 자는 다시 젖지 않는다*

비의 공동체가 아닌,
기침의 공동체, 성병의 공동체

비말(飛沫)로, 섹스로 하나되는 자들 있다 원하든 원치 않든 비밀로 묶인 자들이다

가축에서 호모사피엔스로 건너오는 순간이다 구제역처럼 헤르페스처럼
오럴로 묶인 자들이 있다

—누구와 언제 어디에서 무엇을 했는지 낱낱이 자백하시오

요컨대 너와 나,
은밀한 비밀이 우리를 묶어주는 것이냐 캄캄 어둠에서 어둠으로 묶어주는 행성들처럼

안개 속 번져나가는
검은 소문들

젖은 자 다시 젖지 않는 비밀은, 임파(淋巴)선 따라 임질처럼 매독처럼 흐르고 흘러

창궐하는 거미줄의 공동체를 이루나니

* 오규원, 「비가 와도 젖은 자는—순례 1」, 『순례』, 문학동네, 1997.

1987

영화 〈1987〉을 보고 나오는데 날이 저물었다 아내는 두 눈
이 퉁퉁 부어 있었다 그해, 1977년 나만 빼고 일망타진되었
다 아내 때문이었다 채널이 끊어졌다 변명 없는 삶이 어디
있으랴 그해, 1987년 둘째가 태어났다 최루탄이 펑펑 터지
고 주식시장을 넘보고 아파트 평수를 넓혀갔다 한 방향의
채널, 공중에 따로 코드가 꽂혀 있었다 그해, 1997년 IMF가
터지고 뇌경색이 찾아왔다 입 없는 하루살이가 하루하루 날
아다녔다 온통 잡음 많은 채널로 살았다 그해, 2007년 대통
령 후보 경쟁에 밀린 독재자의 딸 때문에 처형과 얼굴을 붉
혔다 한겨레 구독을 끊었다 그해, 2017년 촛불로 들여다본
블랙리스트에 내 이름이 없었다 지워진 사람이 되었다 내가
지워진 게 내일인지 어제인지 알 수 없었다 곽상도를 뽑은
이웃들에게 들키지 않은 채널로 살았다 팔월에도 폭설이 내
리는 이곳 정치적 도시, 여기는 대구다

꿈
—짐 자무시 〈패터슨〉

걸었지 목화 구름 위를
한순간 까무룩 검은 바다에 빠져든 거지

근데 어딜 다녀왔어
발목이 젖었네 이슬을 밟고 온 건가 푹푹 빠져드는 구름밭
에 온종일 헤맸다네 혼자 어딜 다녀온 거지

꽃가지에 앉아 노래 부르다
돌아온 건가 다른 얼굴 되어 돌아왔네 꽃과 가지는 어젯
밤 같은 이불 덮었는데
잡았던 손 스르르 풀려 우리는

어제의 가지에
오늘의 꽃이 자리잡았네

검은 꿈 너머 흰 구름밭
온통 헤매었다네

알아볼 수 없는 어제의 얼굴로

유무(有無)

작은아버지 돌아가신 지 서너 해가 지났다
명절마다 고기 두어 근 끊어 찾아뵀지만 이젠 갈 수가 없다
부재 때문이라지만
딱히 부재라고도 할 수 없다 그 낡은 아파트 찾아가면 당
장이라도 뵐 수 있기 때문이다 대신 고기는 드실 수 없다
몸이 없기 때문이다
허나 몸이 없는 건 아니다
사촌이 자기 아버지를 고이 빻아 제 방에 모시고 있으니
말이다 빚 피해 필리핀으로 도망간 아우들 돌아오면
예 갖추어 보내드린다지만
끝내 돌아오지 않을 거란 건 저도 나도 다 안다
경제보다 섭섭함이 형제를 갈라놓았을 거라
짐작한다 섭섭함이 어디에 서식하는지 알 수 없다 섭섭함
은 워낙 복잡한 얼굴을 지녔기 때문이다
아내도 아이도 없는 사촌은 치매에 빼앗긴 노모를 모시고
산다 아니 노부도 함께 모시고 산다
노모가 노부와 말 주고받는지
알 수가 없다
따져보면 내가 뭘 아는지 알 수가 없다 나라는 게 있는지
없는지 알 수가 없다

어안이 벙벙하다

'어안'이 '어이없어 말을 못하고 있는 혀 안'에서 왔고 '벙
벙하다'는 '어리둥절하여 얼빠진 사람처럼 멍하다'에서 왔
다는데, 무심코 찾아온 이 말이 정작 어디서 온 건지 왜 떠
올랐는지 마냥 얼떨떨한 순간이여

내 낡은 수첩 갈피에 어안이 벙벙한 순간 얼마나 빼곡했
으며 그럴 때마다 내 속은 또 얼마나 뒤집혔던가 넙치 눈알
처럼 벙벙한 눈빛 감추고 알아도 모르는 척 몰라도 아는 척
모면한 일은 또한 얼마나 많았으랴

무참하고 참담한 날들의 차마 담아내지 못한 말들 늘 입
안에 맴돌고 뱉지 못한 말 누런 가래로 목에 들러붙어 내 어
눌한 쉰 목소리로 삐져나오나니

예순 몇 해를 지금 소환해 물어보거니와

생

그 한마디가 그저 어안이 벙벙할 뿐이다

해설

명멸하는 것들을 위한 증언

소유정(문학평론가)

부재라는 현존

　장옥관의 다섯번째 시집 『그 겨울 나는 북벽에 살았다』(문학동네)가 출간되었던 것이 2013년의 일이다. 꼬박 십 년이 지나 묶인 여섯번째 시집 앞에서 지난 세월을 돌아본다. 시인의 궤적과 무관하지 않게 우리에게도 지난 십 년은 상실의 고통이 유독 컸던 시간이었다. 이 시간을 잊지 않겠다는 듯 시인은 '사람이 없었다고 한다'라는 제목처럼 사람이 없는 자리를 돌아본다. 그 자리에 사람이 없다고 하여 아무것도 존재하지 않는다는 뜻은 아닐 것이다. 사람은 없지만 남아 있는 것들, 예컨대 "읽을 수 없는 페이지에 갇혀/ 끝내 손닿을 수 없는 그곳에서"(「계단」) '우리'라는 이름으로 남긴 기억을 되새기고, "한번 사라지곤 다시 오지 않았던 이름들// 내가 사라지면 영영 파묻히고 말/ 그 이름들을"(「불러보다」) 중얼거리며 장옥관의 시적 주체는 상실의 사리를 시킨다. 이처럼 장옥관의 시는 부재하나 완전한 부재라고 말할 수 없으며 여전히 '그'로서 현존하는 이들을 증명한다.

　　오피스텔 문을 따고 들어가니
　　사람이 없었다고 한다
　　없는 게 아니라 꽉 채우고 있었다고 한다 그가
　　화장실과 거실을 메우고 복도와 엘리베이터와
　　이웃집 문틈으로 스며든 이유가

외로움 때문이라고 예단해선 안 된다

단지 그는 갑갑했을 뿐이다

갑갑함이 저 스스로 몸 부풀려 이웃집 현관문을 노크
한 것일 게다

(······)

세를 준 주인이 서둘러 개를 안고 나가도 그는 따라나
서지 않았다

이미 집의 일부가 된 것이다

벽지와 바닥은 물론 콘크리트 뼈대만 남기고 뜯어내도
그는

결코 그 오피스텔을 떠나지 않았다

그럼에도 진상은 세상에 드러나지 않았다

소문을 막은 거라 속단해선 안 된다

사려 깊은 이웃들이 선택한 최선의 의례이기 때문이다

결코 그는

없는 사람이 아니다

이웃의 비강에,

공중에 새겨져 불멸이 되었기 때문이다

　　　　　　　　　　　　　　　　　—「없는 사람」 부분

표제작이라 할 수 있는 이 시는 현대사회에서 빈번하게 발
생하는 고독사 문제를 담고 있다. 그러나 고독사한 일인 가
구 생활자의 경제적 어려움이나 관계의 빈곤 등과 같은 사

정을 초점화한 시는 아니다. 시취가 잠긴 문 밖으로 퍼져나
갈 때까지 아무에게도 알려지지 않은 '그'의 죽음을 연민하
기 위함도 아니다. 화자가 주목하는 건 죽음 이후 '그'의 존
재 방식이다. "오피스텔 문을 따고 들어가니/ 사람이 없었
다고" 하지만, "없는 게 아니라 꽉 채우고 있었다"는 말은
그가 "바람"으로 공간을 메우고 있었다는 뜻과 같다. 이때
화자는 "그가/ 화장실과 거실을 메우고 복도와 엘리베이터
와/ 이웃집 문틈으로 스며든 이유가/ 외로움 때문이라고 예
단해선 안 된다"고 당부한다. 어떤 이유에서 죽음을 맞이하
고, 그 죽음이 냄새로 알려진 것이나 그의 마지막을 "외로
움"이라는 감정 안에 가두어서는 안 된다는 뜻일 테다. 정
작 '그'는 육체라는 몸의 경계를 벗어나고, 또 한 칸의 집이
라는 "경계를 벗어나 공기를 장악"하고, "공간을 확장하고
저를 부풀"리는 식으로 살아남은 것이나 다름 아니니 말이
다. 결국 '그'를 통해 화자는 죽음이 곧 존재의 소멸로 이어
지는 것만은 아니라는 말을 하고 싶었던 게 아닐까. '그'와
같이 "집의 일부"로, "이웃의 비강에,/ 공중에 새겨져 불멸
이"됨으로써 현존할 수도 있을 테니.

　우리 시대에 만연한 고독사 문제를 사례로 들어 논했으나
죽음이 곧 존재의 소멸은 아니라는 생각은 이 시집 전체에
유효하다. 부재로서 현존하는 이들에 대한 사유는 여러 시
편에서 이미 세상을 떠난 가족과 지인에 대한 이야기로 연
결된다. 가령 「유무(有無)」에서 작은아버지는 "서너 해" 전

돌아가셨으나 "부재"한다고 말할 수는 없다. "딱히 부재라고도 할 수 없"는 까닭은 "그 낡은 아파트 찾아가면 당장이라도 뵐 수 있기 때문이다". 이전과 다른 점이 있다면 앞의 시와 같이 육신이 사라졌다는 것일 텐데, 그럼에도 화자는 "허나 몸이 없는 건 아니"라고 말한다. "사촌이 자기 아버지를 고이 빻아 제 방에 모시고 있으니 말이다".「없는 사람」의 '그'가 "이웃의 비강"과 "공중에 새겨져 불멸이"된 것처럼,「유무(有無)」의 작은아버지는 유골로서 사촌의 방 안에 존재하고 있으니 완전히 부재한다고 말하기란 어렵다. 이렇듯 어떤 물질로서 존재감을 드러내는 이들도 있지만, 꼭 물질의 형태가 아니더라도 '나'에게 분명한 기억으로 현존하는 사람들이 있다.「달도 없는 먹지 하늘—미하엘 하네케〈아무르〉」「봄밤이다 2」「무논에 백일홍을 심다」「몽돌 약전(略傳)—김양헌(1957~2008)에게」「물로 된 뼈」등의 시편에서 시인은 자신에게 남겨진 기억으로 그들을 추억하며 그들이 아직 여기에 있음을 증명한다.

명멸(明滅)

시집 전반에 걸쳐 상실의 자리를 돌아보는 작업은 시인에게 있어 '어제'를 돌아보는 일과 다르지 않다. '어제'라는 시간 명사의 쓰임이 빈번한 까닭도 그 때문이리라. 오늘 다시 돌아보는 "어제의 얼굴"은 쉽게 "알아볼 수 없"(「꿈—짐 자무시 〈패터슨〉」)거나 "실어증 앓았던 내 어제"(「여행」)와 같이 말조차도 잃어버릴 수밖에 없던 시간으로 나타난다. 그렇기에 어제, 즉 상실 이후의 파장은 오늘에까지 만만치 않은 영향을 끼칠 수밖에 없다. 어제에서 오늘로 건너오는 잠은 "거듭되는 악몽"으로 평온하지 않았고, "너무 조여 헛돌아가는 나사못처럼 악, 악 소리조차 나지 않는 오늘"(「미끄러지다」)이라고 말하듯이.

그렇다면 어제 잃어버렸던 말들은 어떤가? 오늘의 말들 역시 온전한 발화를 이룬다고 보기는 어렵다. 이번 시집에서 보이는 말의 형태는 지난 『그 겨울 나는 북벽에 살았다』에서의 말과는 사뭇 다르다는 점에서 주목을 요한다. 가령 「혀」에서는 "틀어막"아도 "기어코 나오려는" 역동적인 움직임을 가진, "치밀어"오르고 "솟구치는" 말들이 있었다. 그렇기에 "갇혀 있던 말들을 들개들이 쏘다니는/ 초원에 풀어놓"고 말이 원하는 길을 찾아갈 수 있기를 바라는 것이 지난 시집의 일이었다. 이는 '시인의 말'에서 "단 한 번만이라도 틀어쥔 고삐 놓고 말이 이끄는 길 따라 갈 수 있다면. 다다를 수 없는 그곳에서 제대로 한번 실패할 수 있다면" 하는 바람으로도 강조된 바 있다. 그러나 지금의 말들은 이와는 대비되는 모습이다. "말라붙은 말들" "햇빛 들면 다 사라질 말들, 막막한 시공간을 헤매는 중음신의 말들, 입술에 허옇게 말라붙은 말들, 그예 말들은 살아오지 못하고 그 격렬했던 꿈의 말

들"(「입술에 말라붙은 말」)로 서술되는 이 말들은 지울 수
없는 얼룩을 가진 말들로 표현된다.

1.

어쩌다 잘 시간 놓쳐 뒤척이는 날이면 얼룩말 하나 날
찾아오지 얼굴도, 등판도, 뱃구레도 얼룩인 얼룩말 어둠
이 밀고 들어오면 밝음이 한발 물러나는 얼룩, 슬픔도 기
쁨도 딱 반인 그런 얼룩, 얼룩과 덜룩이 잘 섞인 말 한 마
리 생각하지 또한 그런 얼룩은 이 세상엔 있을 수 없다 생
각하지 그런 순간에도 끝내 지워지지 않는 내 생각 속의
얼룩을 생각하지

(······)

3.

얼룩과 덜룩 딱 반인 얼룩말, 얼굴도, 등판도, 뱃구레도
다 얼룩인 얼룩말 얼룩 속에서 태어나 얼룩으로 물든 그
를 생각하면 잠은 점점 달아나고, 마침내 날이 희부옇게
밝아지고, 그 밝음 속에 온통 얼룩으로 물든 말이 되어 나
는 나에게로 찾아오는 것이었다네
—「얼룩말 이야기」 부분

잘 시간이 지나 '나'를 찾아오는 "얼룩말"은 "어둠이 밀고

들어오면 밝음이 한발 물러"날 정도의 명도를 가지고 있다. "내 생각 속의 얼룩"인 그것은 지난날에 겪은 상실과도 긴밀하게 연결되는 것으로 보인다. 떼어내고자 해도 다시 달라붙을 만큼 고집이 센 탓에 쉽게 떨쳐낼 수 없는 "얼룩"을, 그리고 "얼룩으로 물든 그"를 생각하며 밤을 새우면, "얼룩으로 물든 그"는 "얼룩으로 물든 말"이 되어 다시 "나에게로 찾아"온다. 그런데 "그 밝음 속에 온통 얼룩으로 물든 말이 되어 나는 나에게로 찾아오는 것"이라는 진술은 '나'의 안에서 파생된 얼룩이 다시 '나'에게 영향을 미친다는 것을 암시한다. 어제 잃었던 말이 오늘의 메마른 말과 연결되듯, 오늘의 메마른 말은 밝아올 내일의 "얼룩으로 물든 말"과 상관관계를 갖는 것처럼 말이다. 그렇기에 장옥관의 시에서 내일을 향해 가는 일은 결코 쉽지 않다. 어제에서 오늘로 넘어오는 잠이 온통 악몽이었듯 오늘에서 내일로 가는 잠 역시 악몽 속에 갇혀 계속해서 미끄러질지도 모르는 것이다.

하루를 비스듬히 걸었다 올라가기도 내려가기도 했다 그리운 것도 아쉬울 것도 없는 가을이었다 슬픔이 우니 기쁨도 따라 울었다 감정이 안개처럼 퍼져 모든 게 모호했다 안개에게 발목을 물리고 싶었으나 눈곱 낀 눈으로 헐떡이며 엎드린 안개에게 먹이를 던져줄 순 없었다 가을이었다 비스듬한 햇살 식물들은 소멸을 향해 몸을 말리고 있었다 모서리에 찔리고 싶었으나 모서리조차 없었다 손

을 잡고 싶었으나 손목이 없었다 손잡이가 없는 하루 비
스듬히 걸어갈 뿐이었다 언덕 지나 내리막을 향해 비스듬
히 다만 비스듬히

—「비스듬히 다만 비스듬히」 전문

가만히 있는데 미끄러질 리 있나 양지바른 땅에 핀 돌나
물이, 봄의 가지에 돋는 초록 댕기가, 거듭되는 악몽이 그
저 미끄러질 리 있나 네 속으로 내가 미끄러져들어갈 때
검은 바닷물 속으로 배가 미끄러질 때 예감도 예고도 없
이 우리 자빠질 때 짚고 일어날 바닥도 없이 푹푹 빠져들
기만 하고, 뒤집힌 풍뎅이처럼 비극이 필름처럼 돌아갈
때 잡아줄 손목도 없이 절망이 개흙을 자꾸만 게워낼 때
오욕이 지붕을 덮고 발목을 지우고 애원하는 눈빛을 꺼트
리는데 너무 조여 헛돌아가는 나사못처럼 악, 악 소리조
차 나지 않는 오늘 속으로 누가 버둥거리고, 누가 밀지 않
아도 미끄러운 봄풀에 내일의 비탈에 저기 또 누가 자빠
지고 있는데

—「미끄러지다」 전문

「비스듬히 다만 비스듬히」는 하루를 보내는 풍경을 서술
하는 동시에 오늘에서 내일로의 이행에 어려움을 겪고 있는
화자의 상황을 잘 보여준다. "올라가기도 내려가기도"하며
하루를 지나지만 그 길이 모두 '비스듬하게' 경사를 가지고

있다는 말은 매일이 평탄하지 못하다는 뜻과도 같다. 비스듬히 흘러가는 하루 속에서는 바라는 것조차 쉽게 이루어지지 않는다. "안개에게 발목을 물리고 싶었으나""모서리에 찔리고 싶었으나""손을 잡고 싶었으나"모두가 없고, 없음으로 반복되므로. "내리막을 향해 비스듬히 다만 비스듬히" 가다보면 「미끄러지다」에서처럼 "자빠질 때 짚고 일어날 바닥도 없이 푹푹 빠져들기만 하고""잡아줄 손목도 없이 절망이 개흙을 자꾸만 게워"낸다는 사실을 깨닫게 된다. 오늘 하루를 지나 내일로 가는 여정 속에서 "내일의 비탈에 저기 또 누가 자빠지고 있"음을 목격하는 것으로 마무리되는 이 시가 지칭하고 있는 그 누군가가 화자 자신이 아닐 것이라는 보장도 없다. 누군가에게는 지루하게 반복되는 매일일지 모르지만, 화자가 하루를 견디고 다음날로 건너가는 것이 고통스러운 까닭은 자신의 남은 생에 대한 감각과도 무관하지 않을 것이다. 어제의 풍경을 돌아볼 때마다 실감하게 되는 건 타자의 내일 없음, 즉 곁에 없는 이의 부재가 아니다. "내 머물던 자리엔/ 무엇이 남을까"(「달팽이가 지나간 끈적임처럼」)라는 물음처럼 자신의 생의 끝이자 '나'의 부재 이후다. 생에 대한 선명한 감각이 희미해져가는 탓에 내일이라는 짧은 미래의 시간조차도 '나'에게는 명멸하는 빛과 같다. "나는 어제보다 조금 더 늙었다"(「일요일이다」)고 스스로 말하듯 하루하루 나이가 들고 있음을 체감하는 화자에게 자신의 상태는 점점 녹이 들고 있는 것과 같이 여겨진다. 마치 얼룩이 지듯 말이다.

녹을 온몸에 받아들이는 종을 보았다
암세포 서서히 번지는 제 몸 지켜보는 환자처럼

녹은 아름다웠다
움켜쥐면 바스락 흩어지는 버즘나무 가을은 저 홀로 깊
이 물들었다

나는 지금 녹물 든 사람

링거 수액 스며드는 혈관 속 무수한 계절은 피어나고
거품처럼 파꽃이 피고
박새가 부리 비비는 산수유 가지에 노란 부스럼이 돈
아나고

두꺼운 커튼 드리운 병실 바깥의 고궁
처마에 매달린 덩그렁 당그랑

쉰 목소리

파르라니 실핏줄 돋은 어스름 속으로
누가 애 터지게 누군갈 부르나니, 그 종소리

―「내 아름다운 녹」전문

"녹을 온몸에 받아들이는 종"을 보는 일은 "암세포 서서
히 번지는 제 몸 지켜보는 환자" 같지만, 그 녹을 두고 화자
는 "아름다웠다"고 한다. 산화되어 제 빛을 내지 못하고 부
스럼마저 생기는 모양새가 화자에게 아름다운 까닭은 "움
켜쥐면 바스락 흩어지는" 녹 안에서 가을이라는 계절이 깊
게 물들기 때문일 것이다. 병환을 앓고 있는 것으로 보이는
화자는 스스로를 "나는 지금 녹물 든 사람"이라 칭하며 종
과 자신이 다르지 않음을 밝힌다. "거품처럼 파꽃이 피고"
"노란 부스럼이 돋아나"기도 하지만, "링거 수액 스며드는
혈관 속 무수한 계절은 피어나"듯이 녹과 같은 병증은 '나'
의 안에서 '나'를 변화하게 한다. 녹마저도 아름다운 것으
로 받아들이는 이러한 자세는 고통마저 아름다움으로 치환
하고자 하는 시인의 고유한 시적 태도와 깊이 닮아 있다.

순간의 탄생

그렇다면 계속 이렇게 "얼룩으로 물든 말"을 머금은 채,
"녹물 든 사람"인 채로 명멸하는 내일을 향해 가는 것이 최
선일까. 얼룩과 녹물처럼 '나'를 고통스럽게 하는 것들에도
아름다움을 긍정해보는 미덕은 앞서 이미 밝힌 바 있다. 그

러나 시인의 노력은 여기서 그치지 않는다. 할 수만 있다면 녹을 지워 제 빛과 소리를 찾아주고, 말의 얼룩을 지워보고자 하는 의지, 그리하여 다시 시적 언어의 날을 세워보고자 하는 의지가 돋보이는 까닭이다. 지금껏 죽음에 가깝게 사유하였던 태도가 전환된다는 말이기도 하다. 죽음이 있다면 그와 한몸인 탄생에 대해서도 이야기하지 않을 수가 없을 터인데, 그것은 어느 순간 갑자기 툭, 돌이 굴러떨어지는 모습으로부터 시작된다.

책상 위의 시집을 집어드는데
돌이 굴러떨어졌다
입력을 기다리며 껌뻑이던 커서가 눈을 똥그랗게 뜨고
바라보았다
돌의 탄생이다
높낮이 없이 울어대는 매미가 탄생한다
사랑은 어떻게 탄생하는가 미역국도 없이 사랑은 어떻게 탄생하는가 원래 있던 것이 생겨나는 게
탄생일까
병처럼, 죽음처럼, 관계처럼 탄생하는가
어젯밤 윗집 사내는 아내도 아닌 여자와 팔짱 끼고 비틀대며 집으로 돌아가고 있었다 아내는 눈을
똥그랗게 뜨고 날 쳐다보았다
아파트 화단에 박힌

검은 돌이 묵묵하였다 과묵이 아니라 묵묵하다
　　날마다 순간마다 탄생이 있어서 빛과 어둠이 자리 바꾸
고 장미는 꽃잎을 벌린다 장미의 입안은 가시가 그득하고
순간이 탄생한다 굴러떨어져
　　지금 눈뜨는 돌
　　　　　　　　　　　　　　　　　—「돌의 탄생」 전문

　　탄생은 무엇으로부터 시작되는가. "원래 있던 것이 생겨나
는 게/ 탄생일까" 하고 화자는 묻는다. "매미"나 "사랑"이라
면, 또는 "병" "죽음" "관계"라면 탄생의 기원을 알 법도 하
나 "돌의 탄생"은 어디서부터 시작되는지 알 길이 없다. 이
시를 통해 확인할 수 있는 것은 '돌'이 "책상 위의 시집을 집
어"듦으로써 탄생된다는 것이다. 다시 말해 시적인 순간의
탄생이라고도 할 수 있다. "과묵이 아니라 묵묵"하리만치 고
요한 시적인 순간의 탄생은 어떠한 말도 남기지 않지만, 탄
생 그 자체로 "빛과 어둠이 자리 바꾸고 장미는 꽃잎을 벌린
다". 이 순간에는 "지금 눈뜨는 돌"처럼 '나' 역시도 내일을
향해 눈을 뜰 수 있다.
　　"날뛰던 칼을/ 몇 방울 물로 고요히 잠재우는 숫돌"(「숫
돌」)에서도 돌이라는 알레고리로 구현된 시적인 순간을 확
인할 수 있다. "내 속의 숫돌 너무 거칠어 불꽃만 일으키고/
이순(耳順)이 되도록 시를 써도/ 숫돌은 다듬어지지 않네"
처럼 다듬어지지 않는 것이 시가 아니라 내 안의 숫돌이라는

점에서 여전히 그것이 언어의 날을 세울 수 있을 만큼 살아 있는 것임을 짐작할 수 있다. 그렇기에 "틈만 나면 피어오르는 검은 구름"을 "주저앉힐 수도 없으면서" "이 거친 숫돌로 무엇을 벼릴까" 고민하는 것이다.

"이 거친 숫돌로 무엇을 벼릴까" 하는 물음은 시인에게 있어, 그가 시인으로 살아가는 한 계속해서 던져야만 하는 것이자 그에게 주어진 과업일 것이다. 벼려야 하는 것, 그것은 앞서 살핀 대로 녹물이나 얼룩같이 내 안을 잠식하고 있는 것이거나 비스듬히 경사진 비탈일 수도 있다. 그러나 숫돌이 '나'의 속에 있는 것이듯 시인이 결국에 벼려야 하는 것 역시 자기 자신일 테다. "이제껏 온전히 날 내어준 적 없었구나"(「숫돌」)라는 자각은 자기 존재에 대한 자각과도 같다. 타인의 상실에 냄새로, 뼈로, 기억으로 그들을 증명하고자 했던 장옥관의 시는 '나'라는 자기 존재의 증명과 맞닿는다. "나는 나로부터 버려진다"(「하지만 벌써 버릴 수 없는」)는, "오로지 내가/ 나를 제압한 것이었다"(「제압하다」)는 증명은 자신의 가장 깊은 곳을 들여다본 이만이 도달하는 경지이기도 하다. 부재로 현존하는 이들과 자기 자신의 현존에 대한 증명으로 장옥관의 시는 계속해서 벼려질 것이다. "생/ 그 한마디가 그저 어안이 벙벙할 뿐"이지만, 그 순간에도 "무심코 찾아온 이 말이 정작 어디서 온 건지 왜 떠올랐는지"(「어안이 벙벙하다」) 기원을 궁금해하는 건 오직 시인뿐이기에, 거친 숫돌로 반짝 날을 세운 언어로 하여

금 우리에게 '돌의 탄생'과 같은 시적인 순간을 선사할 것이다. "아직도 납득할 수 없는 일들이 남아 있는/ 기적 같은 날들"(「하지만 벌써 버릴 수 없는」)이 있으므로, 지금 여기에서 장옥관의 시는 감은 눈을 뜬다.

장옥관 1987년『세계의문학』을 통해 등단했다. 시집으로 『황금 연못』『바퀴소리를 듣는다』『하늘 우물』『달과 뱀과 짧은 이야기』『그 겨울 나는 북벽에서 살았다』와 동시집 『내 배꼽을 만져보았다』가 있다. 김달진문학상, 일연문학 상, 노작문학상 등을 수상했다.

— 문학동네시인선 185
사람이 없었다고 한다
ⓒ 장옥관 2022

— 1판 1쇄 2022년 12월 26일
1판 2쇄 2023년 1월 31일

지은이 | 장옥관
책임편집 | 이재현
편집 | 김영수 강윤정
디자인 | 수류산방(樹流山房) 본문 디자인 | 유현아
마케팅 | 정민호 이숙재 박치우 한민아 이민경 안남영 왕지경 김수현 정경주
　　　　김혜원
브랜딩 | 함유지 함근아 김희숙 고보미 박민재 박진희 정승민
제작 | 강신은 김동욱 임현식
제작처 | 영신사

펴낸곳 | (주)문학동네
펴낸이 | 김소영
출판등록 | 1993년 10월 22일 제2003-000045호
주소 | 10881 경기도 파주시 회동길 210
전자우편 | editor@munhak.com
대표전화 | 031) 955-8888 팩스 | 031) 955-8855
문의전화 | 031) 955-3578(마케팅), 031) 955-1920(편집)
문학동네카페 | http://cafe.naver.com/mhdn
인스타그램 | @munhakdongne 트위터 | @munhakdongne
북클럽문학동네 | http://bookclubmunhak.com

ISBN 978-89-546-8998-4 03810

www.munhak.com

문학동네